歌集
歴史

雄田のぼる

亡き妻に捧げる

歌集『歴史』目次

影法師 9

影法師

啄木追懐

――没後百年に――

啄木忌の今日壇上にまぶしくて継ぐべき思想を力こめ言う（4・11浜離宮ホール・コンサート）

坑夫長屋に朝鮮人労働者が書き残せし啄木歌は今
も微光を放つ

人恋いて啄木歌盗用せし少年の湖辺(うみべ)の思いかすか
にうずく

死期迫る明治末年きさらぎの金銭出納簿残高たったの十銭

思い苦しき時に頽(た)ち来て昂然と啄木はあり物など言わず

啄木を継ぐべきわれも一人とし生きて歌い来しひ
そかな誇り

デモの夢

反動をたおせ、反動をたおせと夢のデモに背筋は
のばす八十四歳

世を変えるデモの力だと叫びつつ霞が関交差点で
ハッと目ざめる

夢のデモの残像はひとしきり揺れながら心鋭く政
治に向う

デモに行き友らと腕を組みたしと目をしばたたく
濃くなる闇に

妻にかまけて長く友らと腕くまぬ歳月重しまぶし
き五月

安穏（あんのん）に生き来しなどと思わねど忸怩（じくじ）の心濃く胸に
棲（す）む

今日の政治に心はげしくささくれてゴミ出し新聞
もろくに縛（しば）らず

コメ粒のうた

洗い桶を傾(かし)げればゆるき水流に逡巡しつつコメ粒
が浮く

命支える道をはずれしコメ粒が今日の終りの流しに光る

「もったいない」と母ならば言うコメ一粒あわあわと白く排水口に落つ

米一粒の命いとおしみ父母(ちちはは)は小作農の貧にながく
居て死す

粒粒辛苦(りゅうりゅうしんく)のコメ一粒を流しつつＴＰＰ憎む思い
突き上ぐ

消費財に米を堕（おと）せし傲慢の政治はゆく方もなき今日の閉塞

排水口に落ちし瑞穂（みずほ）のコメ粒の暗き行方をしきりに思う

7・16 代々木公園にて

ヒロシマ・ナガサキの深層をもち列島に今日こそ
はあぐ原発と訣別の声

神や創世に異なる思想あるといえどいま万雷とな
る「原発なくせ」

クスもケヤキも高き樹幹を揺(ゆ)すりあげ七月代々木
公園に風とたたかう

戦後政治に馴らされず来し革新の太き流れあり今日十五万人

命まもる鋭き人間の声きけば老いたるわれの血はたぎりくる

国民のためなどと鉄面皮に言う彼らしきたりの如
く深く資本に傾く

ソ連崩壊のあざとき歴史見しゆえに眩しきほどの
綱領の道（7・15日本共産党創立記念日）

九十年われら人民のよりて来し炎の言葉一つ日本の党

いま、思う

公約を裏切りゆく国会のヒナ壇に口舌（こうぜつ）の徒（と）ら一様
に憂いなどなし

無告（むこく）の民に落すつもりか政治荒れ日ごと心に怒り黒ずむ

酷（むご）き犠牲強いくる政治退廃も極まるかひしと蟬しぐれ聞く

鳴き切りて路上仰向けの蟬の死は三対（つい）の脚それぞれを合掌に組み

夏蟬の佛は知らず合掌の姿はあわれ草むらにおく

処暑の道

処暑の道に口閉じし妻の手を引けば血は通いくる
不憫と思う

洗濯物を干しいる時も今日の妻はうるうるとして
わが姿追う

深夜ふと覚めれば妻は傍らに淋しき顔してじっと
目をあく

脳神経日々に衰う妻ときに暮らしを持たぬあどけなさ見す

かかる生きはついにかなしく失禁の妻のからだをほろほろと拭く

心ひどくうつむく時に悠然とサルスベリは秋の色
燃して立つ

九夏(きゅうか)の天、もはや暑からず高き空をしずか雲追
うあれは秋風

渋民にて（十月六日）

ながくながく君を心に住まわせて書き来し誇り知られずもよし

びゅうびゅうと風荒れる夜はとりわけて心北を指す碑へのあこがれ

砂ぼこりの渋民街道をゆきし日の心おどりをひそかに思う

少年の立志告げんと北上の碑によりし日ありいま
老いて立つ

三・一一の話は沈痛なり乾杯のビールの泡も今は
沈めり

家を流され命ようよう守られし友らの話は惨憺に
すぐ

大津波の話は切れ間もなく続きわれはただただ貝
となり聞く

三・一一をうたいしは何ぞ歌めくのみ心重重と北より帰る

晩秋の上野公園

―D51・231号―

少年の日のわがD51(デゴイチ)が剛直に秋陽をはじき発車の身構え（国立科学博物館）

二百十六万キロ走行したるＤ５１か肌ざわりは少年工の日のままに居る

鋼鉄の意志もつＤ５１に魅せられてわが少年期あり工場一隅

七十三年間地球五十四周ほども走りＤ５１は疲れ
たとも言わずわが前

テンダーもボイラーも確かなりこの鉄の構造体は
小揺ぎもせず

表慶館の阿吽(あうん)の獅子の鬣(たてがみ)にヒマラヤ杉は影ゆらしおり

息をしずめ一人立つ部屋遠き世の佛の胸に瓔珞(ようらく)は澄む（法隆寺宝物館）

思考する習癖に遠きわが老かロダンの人はまだ考えている（西洋美術館）

秋ことに

妻が床にこぼせしエビの食べ殻の赤き尾拾うつくづくと秋

晩秋の夜寒の卓に妻といて支離滅裂の語をのがさずに聞く

漫然と生きるを恥としながらも灯(ひ)を消せば今日もわくわが卑小感

空気重く圧しくる気配に目ざむれば妻は夜の闇に
じっと目をあく

丹精の君が信濃の新米か一合を磨ぐ明日の命に
（久保田武嗣に）

極道(ごくどう)の政治に心荒びるもバリバリと洗濯の乾けば
やさし

民族の独立はなまなかならず秋ことにヨルダン河
西岸地区思う日本も思う

老老介護

失禁も生きいる証（あかし）病む妻の陰（ほと）の白きも嘆かずに拭く

無明世界も出でし気配に今日の妻は陰（ほと）ふくわれに
目を澄ませおり

庭いっぱいに洗濯物を干（ほ）す時に妻は表情もなくバ
ンザイと言う

山の文学学校

―下諏訪にて―

わが小さき歌碑も埋めて里山に雪しんしんと降り
積む頃か

碓氷（うすい）峠こえれば無心渺渺（びょうびょう）と母の信濃を埋（うず）め雪降る

信濃の空に聖（ひじり）の如く神さびて冬に入りゆくと槍ヶ岳聳（た）つ

全面凍結の諏訪湖に走る御神渡(おみわたり)の隆起は光る神話めきつつ

一夜明ければ虚をつく景色けじめなく諏訪湖も一望の雪に埋(うず)もる（二月十四日）

古代神話も戦国悲話も容赦なし断層盆地に雪霏霏(ひひ)と降る

山恋い

日暮れれば山の響に包まれて人恋いし頂も澄む信
濃の空に

夏一途に越えゆきし主座の岩稜（がんりょう）は空に孤独なり
雪のきらめき

若き日の人恋う心山ふかくハクサンイチゲをただ
いつくしむ

登山服の織目（おりめ）にまでも山の色を染（し）み込ませ長かりき南アの縦走

どんぐり

サクラ、サクラ、まばゆく弥生の空にありかかる
日われに幾度（たび）も来よ

桜仰ぐ傍らに妻はかがまりて道に小さなるもの拾いおり

里山の櫟(くぬぎ)の下に妻が拾うどんぐりあわれ芽を吹きて居つ

妻の手をゆるゆると引き朝ながら何ほどか歩む花ビラの上

庭の椿が咲きしを言えばあらぬかたを妻は見ながら「きれいネ」と言う

デイ・サービスに出かける妻に握らせしどんぐり
はみな忘れて帰る

夜ふけ

腰打ちて妻の痛がるもどかしさ比喩ならば五セン
チか一メートルか

人間の痛みに医者は非情なり妻をひき据えている
レントゲン室に

妻の腰椎のひしゃげし画像医者は指し「年よりは
皆こうなる」と楽しげに言う

夢に昂(たか)ぶる夜ふけの妻をしずめ居る遠き子育ての
江戸子守唄

妻の寝息ようやく低く安らげば心ほどけゆく寒の
夜の闇

影法師

人間のこわれゆく如き哀しみか挙措（きょそ）奇矯にて妻の
あけくれ

「カワイソー」と言うは誰がこと主語のなき言葉
をある日妻は呟く

妻にかまけて過ぎ来し月日庭先の牡丹は今年花芽
に乏し

スーパーのレジ袋下げ夏空の一朶（いちだ）の雲にやさしまれいる

ようやくに妻の眠れば一日の張りたる心背より抜けゆく

八十五歳のわが誕生日の昼の街年とらぬ影法師が
くっきりと徒く

歳月重く

柩(ひつぎ)の君の頬によせゆく白菊の花弁ふるえるかなしみの色(悼・湯浅秀夫)

階級の闘いの中に研ぎたてし一途の思想も熄みて
しずまる

労戦統一の時代の分岐に背をたてて闘いし君との
歳月重く

生きゆくは別離にも合う必然をまたかみしめる君を葬（ほうむ）り

回想の友らそれぞれ党により清（すが）しき死顔をもちて逝きたり

炎(ほむら)だつ

党の勝利

無量無辺の命海溝に惨くおき波頭うるませて三月はくる

党の旗かかげたたかう君なれば幾百千万の青葉も
戦げ（そよげ）（河野ゆりえ都議候補に）

都議選勝利の活字生きいきと躍りおり「しんぶん
赤旗」の今日の一面

夏本番の暁(あけ)の畳にひしと読む「しんぶん赤旗」の
勝どきの声

「共産党躍進」の「赤旗」一面部屋にかかげ涙は
こぼる八十五歳

敗北を耐え来し友ら今日こそは党躍進に明るくて
笑む

「捲土重来」期したる党の勝利なりミンミン蝉の
声の明るさ

夏潮（なつじお）の底とどろかせ列島にまた火群（ほむら）だつ日本の党

二十一世紀の時代を拓（ひら）く勝利なり心弾ませてゆく
炎暑の街を

敗北を抱きて雌伏の十三年仰ぐ東京の夏雲まぶし

あたらしき党躍進の起点なりさるすべりの花も深き紅（くれない）

二〇一三年盛夏

時代のかげり濃き春秋もここに来て退(ひ)くことのなき要求の旗を掲げし（明治公園二首）

夏蟬の世を明るますほどに鳴く樹下に老いたる胸を休ます

青春の如くに心わきたたせ党創立九十一周年の会場に居る

党創立百周年まであと九年切に生きたしと思う会果てしのち

あと九年といえば九十四歳なりこれを一期とすれば心明るし

多く夜の歌

テレビドラマの火事に脅ゆる夜の妻画面を消せば
しばし安らぐ

口閉じて物言わぬ妻の目のさびし無音の夜をコオロギが鳴く

ようやくに妻を便座に坐らせて深夜膝元に胡坐くみて待つ

人なれば微(かす)かに喜びの気配あり妻の体を清め拭くとき

妻を守りここよりは退(ひ)くまいと灯(ひ)を消せば天井より重重とかなしみが降る

ベトナム回想

金星紅旗に包まれグエン・ザップの柩ゆくハノイは重しテレビの中に（10・13）

抗米救国の勝利を遂に導きしボー・グエン・ザップの深き戦略

手足縛られ「祖国よ！」と叫ぶグエン・バン・チョイの銃殺寸前の写真秘めもつ安保の後は

南北分断の境に鋭き光放つベンハイ河見しはるか翼下に（1968・9）

解放戦線に帰りゆく友と抱き合うモンゴル草原なりレイよ、ブングよ（二首1971・5）

また会える期待なぞなき別れにて涙とめどなし草原の駅

アジア人の血につながりしなつかしみホー・チ・ミンまたグエン・ザップも

枯葉剤・ナパーム弾・毒ガスのジェノサイド頬かぶりして世界の憲兵で居る

帝国主義もやがて変るかと恃(たの)みしがオバマも遂に歴代の位置

傍若無人ながき隷属にわれらおきながらこの帝国
主義は正義ぶってる

地中海の孫

地中海に育ちし孫なり太き腕にカヌー漕ぎゆく信濃の湖(うみ)を

カヌーもろとも信濃の青き風に染まり遠き一点となる山の湖

屈託なきイタリアの孫ら声あげて炎暑の日本の庭に蟻追う

地中海の色を瞳（め）に込め孫がかく「平和」の和の字
は口が大きく

母を介護し家事労働に日を送り娘（こ）は帰りゆく地中
海の国

スカイプに娘と会うゆうべ地中海は荒れ模様なり
画像が揺れる

二〇一三年十二月六日深夜

「特別秘密」百二十五ヵ所あり言外になお無尽蔵
の秘密をもつ全文三日かけ読む

強行採決の議場騒然となるテレビ思わず深夜の畳蹴り立つ

A級戦犯をのがれし祖父をもつ孫が傲慢に言いつのる「国民のため」

「国民のため」などと保守反動はまたも言うこの
手口にて戦争はすでに幾たび

「水漬く屍」「草蒸す屍」は真っ平なり金輪際憲法
九条の位置に動かず

季節はずれの血を吸いにくる冬の蚊を追いつめて
ゆく深夜の部屋に

われの二月

しんしんと信濃の雪夜若き母が生みくれし命なり

八十六歳

命つよく生みくれし母の恩愛をただならず憶うわれの二月は

雪ふれば二月は重き語感もち多喜二忌が来る順三忌また

階級闘争の火花の時代に命うけ今日老耄（ろうもう）としてわ
が二月あり

洗い終えし皿重ねればさわやかに生活（くらし）の音たて一日（ひとひ）
の終り

ボタン一つとれしをかがる武骨わが小作農の子の
指妻は見つめる

初花

記憶・言語ちぎれいる妻夢にのみくらし持つらし
ある時は笑む

手応えある介護パッドの重みなり妻の新陳代謝今日つつがなく

好戦の遺伝子もちてペラペラと岸半世紀後を孫がもの言う

権力の倨傲(きょごう)のもろさ知る時に春まつ心勁(つよ)くととのう

激震をわれと耐え来し梅若木わずかながらも初花をもつ

陰暦二月雪の「葛城(かずらき)」の大和舞シテは舞台に神さびて舞う（三月八日・能宝生流「葛城」）

雪・コケシ・花

汚染土も覆いつくせし大雪の意志なき美化にわく
敵意あり

月雪花に馴らされて来し抒情もち今日は思い切り
吐(は)く雪の悪態

大雪を降らせし寒冷前線は事も無げに去るアジア
北東

ガラス破片にまみれしコケシ激震の一〇九六日後
をさりげなく佇つ

激震の日のまま古拙の笑みをもちコケシは木地(きじ)に
眉澄まし居る

東北の顔のやさしき一体のコケシつくづくと拭く妻のかたわら

豊饒（ほうじょう）にさくら花ビラは地に咲いてゴミに出るまでをかがやいており

清めの塩

—悼・髙橋せい子—

花ビラの根にかえる季君もまた早早と逝けり重き
かなしみ

入党決意の茶房一隅にしみじみと炭鉱生活の哀しみも聞く

日本近代を聞きし鉱山労働者の子の誇りもち君は党に拠(よ)り来し

剣岳の高き小屋よりの便りにて山行の喜びを溢れさせ居し

山行の歌集をと君と約せしに幽明今は沓(とう)き面影

裡にこらえる哀しみ見せず常ながら歌会の席に君は和みし

「お清め塩」の小袋を掌に包むとき塩の粒子が幽かに動く

河津桜の若木の根方にやや深く清めの塩の光れるを埋(う)む

一年有半

「とく暮れよことしのやうな悪どしは」と封建の世より撃(う)ちてくる信濃の一茶（二〇一三年生誕二五〇年）

『北越雪譜』の海に向かえる街道に一茶の後裔が生き土産物売る

小林多喜二を殺せし階級の気配および彼ら搔(か)き立ててくる戦争の道（多喜二没後八〇年）

多喜二墓前の深き雪なかに同志らと継ぐべき思想に身を熱く居し

一途にて遂げしわが師の生涯が今も胸深き燠雪の喪の日は（二〇一四年・順三生誕一一〇年）

大会決議読み終えし寒の夜をながく一人誇らかに
澄む遠き未来に（日本共産党第26回大会）

ガラス戸棚をなだれ落ちたるコケシらの今日粛然
と東北の顔（3・11）

デモにゆけぬは無念の一つ十本の指にぎりしめて
過ぐ一年有半

負わねばならぬもの負い妻の命守り九十歳に傾む
いて生く

花どろぼう

痛む腰で垣根に植えしインパチェンス一株盗(と)られ

たり憤然と朝

花どろぼうを許す寛容はなし垣根のもとかかる人間は花など見るな

一株百二十円の垣根の花を盗られれば安倍晋三より憎む二日間ほど

花ひそかに盗りしも働く位置にいてあるいは秘密
保護法を憎む者かも知れず

荒ぶれし心おさまり三日目に植え直すべく花株を
また買いてくる

南スーダン、シリア、中央アフリカに命危しと
「国境なき医師団」の訴え届く

一日二ドル以下、花などもたぬ親と子か――花どろぼうよ今は好きなだけとれ

許せるもの許せぬものを深くもち右翼反動を撃つ
今朝も「赤旗」

梅雨の列島

ショート・ステイに妻を預けてひっそりと梅雨じめる部屋物など書けず

あれこれを思う深夜を軽快に柱時計が明日の刻打つ

若夏の露地に光を震わせて南天はこまごまと花ビラ零す

「学徒出陣」またくる歴史か保守反動が面舵を切ってくる梅雨の列島

軍国に傾くを撃つ「赤旗」の記事追い畳に長く動かず

従属の民族の痛みなど埒外(らちがい)に彼ら帝国に毒されてゆく

レジにて

カゴにおのおの明日生きる食糧をもち無言にてレ
ジに列つくるけわしき顔に

レジに並ぶ人らそれぞれに財布にぎり退(ひ)けない暮
しの目の色に立つ

カゴにあるは幾日分の食糧か嵩(かさ)高きがありただ一、
三品もまた

マゴマゴと蝦蟇口（がまぐち）の中を探しいし老婆ようやくと
り出す百円玉を

生活に荒びし手にて千円札のシワのばしつつレジ
にわたす人あり

パン・牛乳・スナック買いて青年は充足の表情に
去るスーパーのレジ

チラッと見し女子学生の財布にびっしりと一万円
札ありこれは何ぞや

土砂災害

もう一つ祖国もつ子がイタリアへメール打ち続く
土砂災害を

緊迫感もちて打ちいる子のメールいずれの祖国も
人ら苦しく

炎暑の土に濃き影をひき娘（こ）と孫は帰りゆくなり遠
きイタリア

掌（て）の中に路上死の蟬を包みつつ今年も炎暑の草むらに置く

平均寿命またのびてゆく日本なり妻よわれより先には死ぬな

集団的自衛権行使とはアメリカの気ままにてウクライナ東部への空爆続く

異状気象の土砂災害の映像の切れしあと改造入閣者らが嬉しげに笑む

炎だつ

桃・葡萄・柿など生（な）らし笛吹川の流域は『楢山節考』の感傷もなく（新日本歌人協会総会帰途）

特急の窓に過ぎゆく甲斐の谷おぼろに合歓（ねむ）の花あかりあり

八十六歳が負うべきものをまだ持ちて信濃の国を帰りゆくなり

印刷所の片隅に師は頬そげて入党決意書くわれを
長く待ちいし（一九五九年秋）

師の書簡百二十五通ヒモで括り机上捨てがたく置
くすでに幾年

『新日本歌人』八百十冊を並べれば書架は炎だつ
心ひるむとき

啄木・順三を真一文字に継ぎ来しをいささかの自
負としわれの今あり

民主主義

列島晩夏

「イスラム国」へ容赦なき空爆の続くとき裸足の子が倒れ、ああ、また起ち上る

中東の戦火おさまらず夜のＴＶニューヨーク株式
が値をあげている

黒き装甲車上野駅前に据え偏狭なナショナリズム
わめく何の予兆か

秩序なく蟬は晩夏を鳴きたてる油蟬、みんみん蟬
その他諸派の蟬たち

よろつきて舞い居し晩夏の黄揚羽アワダチ草の黄
にまぎれ込む

記録的日照不足にピーマンの花落ち続く列島晩夏

秋の夜を嵯峨野に小督(こごう)の琴も止み國仲(くになか)が帰りゆく能の幻（謡曲「小督」）

秋の周辺

朝顔の藍は垣根にまた消えて秋は澄みくる空の高みに

見捨ていし垣根の下のドクダミも草の命にもみじしており

ちぎりいる草みな硬し沼道に一人索然と物も思わず

街空を高くチャイムがわたるころ妻は帰りくる
「夕焼け小焼け」

婚姻の色をもち川をひたのぼるサケの壮絶にわれ
はたじろぐ（TV）

コーヒーカップに注ぎしミルク一瞬に中東の地図
もどきにてすぐに混沌

病む友に

北アルプスを共に縦走せし君が細りて臥すと聞けば切なく（吉谷泉）

暴風雨の槍ヶ岳山荘に詮方(せんかた)なくただとめどなく語り居し二日間あり

わが著書への批評はつねに深くして何よりも何よりも君の一語を尊ぶ

指がくさり歯も無くなったと武蔵和子の文字はき
っちりと姿くずさず

わが乗れる党車に君の双生児を抱き花ふれば武蔵
和子も輝きて居し（一九九二年参院選）

「きのう、左足の小指がとれました」と伝えくる
武蔵和子はわれを泣かしむ

秘密保護法施行

手賀沼に霧ふかぶかと沈みたり秋風よもはや遠くに行ったか

北東アジアに向けし敵意のあからさまメディアは
なだれ右に傾く

「平和の沖縄」の一点に結ばれし勝利なりまざま
ざと胸に民族の島（11・16知事選勝利）

未来しばる禍禍（まがまが）しき法の施行なり庭に鵯（ひよどり）が鋭くも鳴く〈12・10秘密保護法施行〉

党の躍進

いつか歴史にほほえむ日ありと信じ来て、今日、
党躍進の喜びに会う

新しき時代をひらく予感もち二十一議員「赤旗」
に満面の笑み

一人居の冬夜(ふゆよ)の胸をわきたたせ明けもどろなり
「オール沖縄」

病む妻あり心ひるむ時きらきらと党の思想はわが
背(せな)をおす

回想のテヘラン

中東戦争の敗北に歯ぎしるカイロより雲の旅を発（た）つ遙か祖国へ（一九六八年九月）

半世紀後の混迷の予感などわれに無く眼下茫茫と
越すアラブの国ぐに

簒奪（さんだつ）の歴史は惨（むご）く今もひきアラビア半島は漆黒（しっこく）の
底

アラジンの物語めくテヘランに夜空より来て飲む
熱きコーヒー

シーア派・スンニ派の区別も知らずただ若き憧れ
心のみテヘランの夜は

『アラビアのローレンス』しきり思いつつ時長く
空港に乗り継ぎ機待つ

ハンハリールの壁のポスターに撃たれ佇つパレス
チナ・パルチザンの清貧な顔（カイロ旧市街）

混迷の拡がる二十一世紀の中東か回想は今もやさし遠きテヘラン

造花の桜

ウグイス色の妻のベスト持ち冬の去る老健施設の
坂のぼりゆく

うす暗き地下道に造花の桜咲きキリキリとして
3・11がくる

激震に身を頼らせし庭椿かの日のままに花咲かせ
くる

一人の死が重ければなおアメリカの三千回空爆に
心は激す

「世界の憲兵」もすでに虚構の振舞いにてオバマ
の神は救いをもたず

太刀の鐺（こじり）を光らせシテの業平は中世より来てただ
一人舞う（能・観世流「雲林院」）

日本の四月

土の温みに庭の野草も守られて小さき命の花かかげいる

「オール沖縄」の決意漲らし翁長知事は政府に向
う真正面の位置

「草の根の自力の力」を励ますか桜一樹に光る花
ビラ（三中総）

わが影も地に濃き四月党躍進へ八十七歳も驥尾(きび)に付しつつ

九条破壊・軍国を企む政治なり花も声あげよ日本の四月

二〇一五年七月

センダンを透きくる日射し青くして友ら七月のたたかいに起つ

わが握りし組織の旗も遠く立つ日比谷野音の今日
のどよめき

地のほてり鎮まらぬ激暑の夜の街に声みなぎらす
七月のデモ

「平和の党」より「戦争の党」への修羅に堕つ妙
法蓮華救いはあるや

アメリカの戦争に徒き地球の裏側まで出かけて行
くのはアベだけでよい

玉砕島の骨も拾わず七十年かれら軍国にまたも
燥（はしゃ）ぐか

憲法じゅうりん従属亡者の政権は戦争への発情を
剝（む）き出している

七月の街の欅に騒然と椋鳥(むく)の大集団も鳴く夜もねむらずに

従属の恥ずべき国と云いながらははの山河(さんが)の澄めば愛(かな)しく

総がかり行動

―9・14夜―

かかる猛暑に負けまじものと虹たてて露地に涼しさを呼ぶ地下よりの水

テキはしぶとき権力なれば列島に今日総がかりの
撃つ声あげる

幼な姉妹がその手を父とつなぎ合いわが前をゆく
ただ胸熱く

降りみ降らずみ国会包囲デモに背立てれば遠き安
保の激情がくる

ペンライトも折れよとばかりに振るコール明るく
勁(つよ)し国会の前

議事堂正面の六本の列柱の明暗は歴史の分岐とも
デモは分厚く

幼な顔の学生らと一つに声あげれば涙は滲む「平
和を守れ！」

戦争を憎む心よ九条を真っ新（まさら）に守りたし赤いペンライト振る

未来への信号のごと行動のペンライト高く振る若き人らと

強行可決にとどまらぬ怒りあり花舗（かほ）に来て真紅の
ゆるぎなき一本を買う

アル・ジャジーラ

花もシューズも赤い色のみ日には染む総がかり行
動より帰る夜の地下街

靴修理の地下街の小さき店に立つ君よ、わが靴底をしっかり頼む

瑣事（さじ）のごとくテレビは今日もデモを云うお笑い番組よりもはるかに短く

祖国流亡（りゅうぼう）の難民の悲痛伝えつつ今日アル・ジャ
ジーラの声がくぐもる

民主主義

デモ隊を分断し追い散らさんと気配だつ今日警備隊とも長き緊張（8・30）

放水車を楯としデモを敵視する構え揺るがしてコールは響く

議事堂は真正面なり根(こん)限りの声撃(う)ち放つ「戦争法やめろ！」

「赤旗」全面どっと溢れる十二万の総がかり行動の写真われもいるはず（8・31）

草の根民主主義の輝く歴史の断面か今日昂揚のペン・ライトふる（9・19）

「ゆっくり歩いて下さい」と女性のコール幾十た
び六十年安保には聞かざりしかかるやさしさ

きっと彼らを裁かねばならず秋高き雲の輝きを追
う街の一角

歴史ひらく怒涛の民主主義よと思うとき性根揺すられてくるわが短か歌

吉谷泉を悼む

―11・15永眠―

君死すと杵渕智子の声重し冬滲(じ)む雨の降り続く朝

生きて再び君に会うべきすべもなし夕かたまけて
また涙わく

雲表(うんぴょう)の山行はつねに君に徒(つ)きある年の後立山(うしろたてやま)ま
たの北岳

雲の平の池塘（ちとう）に夏の光澄みかみさびながら静まり
て居し

海に向う源流なれば水ながら響きは厳しと高き黒
部に

言葉つつしみけわしき北アの岩稜（がんりょう）を秋風とともに越えてゆきたり

山行の君との記憶胸底（むなぞこ）に水琴窟（すいきんくつ）の音のごとく澄む

君の享年九十三歳までは死ねないと弔い合戦のごとくひしと思えり

妻よ、ねむれ

妻の千枝子は、二〇〇〇年九月に、大腸ガンの手術をし、三年間の抗ガン剤治療の末期から認知症を発症した。二〇一〇年に水頭症の手術。本歌集の背景の時代には、意識障害の緊急入院、左大腿骨々折による入院手術など、入退院をくり返した。その間、老人介護施設を転々とし、最後に特養ホームに入所。二〇一五年十二月十三日、通算五度目の入院中、年明け早々の一月四日永眠。享年八十五歳。

モニター

妻との別れあるやも知れずと恐れつつ救急車の中に心氷らす（二〇一四年十一月六日）

混迷の妻のあちこちに管つなぎつつ何ぞ晴れやかな看護師の声

間断なくモニターは波形描きいて妻の命がはかられている

生き死にのはざまのように息あえがせ妻はわが名をなつかしく呼ぶ

生きるものの如く病室のモニターは数学曲線をただ描くのみ

古代漏刻(ろうこく)のごとき点滴に病む妻は今日も命を管理されおり

モニターのサイン・カーブに一瞬を数学教師となる病む妻のわき

春くれば匂い立つ北総台地（ほくそうだいち）いまはただ斜面林鳴らす冬の旋律

いのち

救急車に運ばれてより昏昏と妻はナース・センターの直近の位置

三本の点滴のクダ、酸素マスク。妻は深刻に生か
されており

点滴が一点に凝集して落ちしとき遠き階よりの配
膳の音

富士が日暮れてシルエットとなる病室に妻はうっ
すらと目をあく五日目の朝

瞳(め)の奥

花の小枝をかざせば施設のわが妻はサクラはわかるか顔ややゆるむ

車椅子の姥のみが住む棟の夜「淋しいよー」と隣
室に高き声する

慰める術などはなし介護士はただただ低き声でや
さしむ

磨かれし個室の床にハラハラと瓶の雪柳は三日ともたず

窓に拡がる空に瞳をすえている妻よその時の思いは何か

「元気だったか」と問えばわれに向く妻の瞳のはるかな奥がかすかに揺れる

嚥下力弱まれば妻の食べ物はすべてペースト状なり形などなし

左手利かず右手先でようやく物つかむ妻よオカユは指でつまむな

心にかかる何かあるらしくベッドにて妻はシーンとした顔をしている

子のことも最早記憶なき妻ながら瞳(め)の奥に澄む光
いとしむ

骨折入院

物を買えぬ妻の財布に千円札一枚百円玉二コ入れれば表情ゆるむ

「しっかり立て」と声強めれば俄にも涙溢れさす立てない妻は

骨折の大腿を人工骨で継ぐ手術うつつに耐ゆる二時間半を（四月二十日）

楽観の息子（こ）の落着きに支えられ長き時待つ手術室
前

手術にて流れし二〇〇ccの妻の血を補う輸血に目
を据えている

面会時間も終る病院の夕まぐれ妻の孤独な顔拭き終る

子ども三人育てし胸の衰えに敷くようにかけてゆくタオル・ケットを

料理知らずが日ごと後悔を口に咬み今日もスーパーで買う夜の一飯（いっぱん）

アフリカの飢餓の新生児の惨状はあらけなき男女の笑いに消さる

北東アジアに仮想敵もつ政権にメディアは中道ぶりのうのうと徒(つ)く

キナ臭き戦争への道ただならずツバメは鋭角に截(き)る六月の空

施設の丘

生涯の別れの感情に近くいて特養ホーム第一日の
玄関を出る

何も出来ぬ寝た切りでいる妻の手に市販のクリームを長くすり込む

クヌギ坂に一夜の嵐吹き荒れてドングリあまた道にころがる

平城山（ならやま）を越えゆくごとく妻の居る施設の丘をのぼるかなしみ

発語せず介護の食事も口閉ざす妻よそれでは死んでしまうよ

カスタードプリン一つ介助で食べおえて眠る　眦(まなじり)に涙がたまる

声をもたぬ妻のベッドによりゆけば口の形が「サ・ミ・シ・イ」という

もはや土に立つことも出来ぬわが妻か一握りほどの足首となる

天球の奥まで碧く染めながら秋は空よりしみじみとくる

鵯（ひよどり）も来たらず妻の居ぬ庭にせんりょうの実赤し
深みくる秋

回想は弱き心と云うなかれ遠き誓いはわれを支え
る

永訣（1）

病床にいのち支える妻の居て小稿は又も滞りゆく

妻おきて孤独に帰るジングルベルの鳴りおさまりし深夜の街を

今際のきわにわれの名なぞは呼ぶなかれ淋しきほどに椿は赤く

妻が今際(いまわ)の息を引きゆく枕辺に娘(こ)は低く低く「お母さん」と呼ぶ

愛語すでに届かぬ他界と思いつつ妻の髪梳(す)く小さき形に

人間が生涯を閉じる尊さをひたに見守るわが妻の顔

八十五年生き来し妻がおごそかにしずかに今は死にてゆくなり

まだぬくき妻の両頬（もろほほ）いつくしみとめどもなくて涙を流す

五回目の入院なり寒の陽の中を妻の亡骸（なきがら）と出でてゆくなり

かくばかり透明に冬は澄みながらかけがえもなき
妻は死にたり

永訣（2）

柩の妻に「さようなら」は胸に言う花みな昏(くら)し視野みなおぼろ

『妻のうた』胸に抱かせ別れなり柩は静かに閉じられてゆく

三人の子と正月四日柩を守り火葬場の明るい正門を入る

世を変えるささやかな願いに結ばれて生き来し妻
がいま焼かれゆく

十八歳よりの君の一途に守られてわれは生きしを
ひしと思えり

ぼうぼうと音たてて妻は燃ゆるなり「さようなら――」同志碓田千枝子よ

焼かれ果ててただただ白き妻の骨ありしながらの身の位置にして

人間の終(つい)の姿に相見(まみ)え不意に視界を涙がとざす

悲しみに耐えいる術(すべ)か闊達に吾子は振舞う母に死なれて

まだ温（ぬく）き妻の骨壺胸に抱く今日の斜面林も冬に衰う

千の風にまぎれず今はわが胸に妻よねむれと骨壺を抱く

遠き花火

帰りたかりし長き生活(くらし)の冬畳妻の骨壺をひっそりとおく

「サ・ミ・シ・イ」と口の形で告げたるを今朝も
思えり遺影は滲む

妻の遺影淋しがらせし一日を帰りて一人香を聞き
おり

ぎっしりと面影だちて妻くれば一人の部屋に涙を
とめず

にぎやかに振舞いながら人去れば息子(こ)はひっそり
と泣く母の遺影に

弔（とむら）いの果てし夜ふけをぽつねんと妻の遺影と骨
壺と居る

今生にもはやは会えずと思う時遺影も花もまた濡
れてゆく

妻焼きし炎の音は忘れよと今日また迫るわが裡（うち）の
声

死後の世界を信じぬわれが妻といつか会わむ虚妄
の心に負ける

家に一人坐るに堪えず一冊の文庫本もちて街なかに出る

人けなき夜の街に居て妻の名を不意に呼びいて歩けずにいる

亡き妻に傾く心耐えている寒の陽差しのよぎりゆく部屋

われが死ぬまでこの淋しさは果てまいと冬の手賀沼の静まりに佇(た)つ

閃々と遠き花火のごとく咲く君と結ばれし深きしあわせ

相聞を紡（つむ）ぎし手賀沼の見える丘ここにともにと墓を定める

傷逝

——斑鳩(いかるが)にて——

(一)

平城山(ならやま)によすがとてなしいらつめの嘆きし道に車が疾(はし)る

平城山は名のみ残れり駅柵(さく)に万葉集の歌ながく恋う

豊潤(ほうじゅん)な躯体を立てて秋篠の寺に佛は世を超(こ)えて笑む（伎芸天）

秋篠の木洩れ日深くとどき居て吉野秀雄の歌碑も
苔むす

水煙（すいえん）を高く掲げて春空に軒ぞり勁（わか）き薬師寺の塔
（西塔）

薄墨桜咲く薬師寺の西塔（さいとう）に飛天は高くきらめきて舞う

（二）

妻憶う菩提（ぼだい）の心遠く来て斑鳩（いかるが）の寺の塔仰ぎ立つ

古代のままそよろの風を待ちて澄む五重の塔の高き風鐸(ふうたく)

人間のやさしさに笑むいかるがの百済佛(くだらぼとけ)に今日は来て会う

千四百年水澄む如き水瓶(すいびょう)をつまむおゆびのあやふく勁(つよ)し

飛鳥(あすか)より祈りの余香(よこう)まといつつ百済佛はけざやかに佇(た)つ

丈高き百済観音は修羅の世も微笑み来しかまたたきもせず

草花の匂いにも似て観音の笑（えま）いは包む人のかなしみ

うつうつと耐え来しからにいかるがの百済佛に優しまれいる

白鳳の飛天がかざす華籠(はなかご)に妻の一花(いちげ)ももられてあるや（国宝「飛天図」）

㈢

唐突に妻によりゆく思いわき涙こぼしゆくいかるがの道

いかるがの野の道に心しずめおり佛は知らずタンポポが咲く

妻を傷(いた)む大和の短かき旅を終えまた帰りゆく一人の家に

後記

歌集『歴史』は、『桜花断章』に次ぐ、私の第十四歌集である。二〇一二年四月以降、二〇一六年三月まで、あしかけかけ五年間の作品の中から、三百九十五首を選んで収めた。いずれも雑誌『新日本歌人』を中心に、『民主文学』「赤旗」、その他諸誌に発表したものであるが、第四章には、約百首ほど未発表のものがある。

歌集の背景となっている時代、とりわけ、二〇一五年は、激動期の象徴的な年であった。戦争に反対し、憲法を守り、九条の改悪を許さないとする、草の根民主主義、生活の奥深い所からのたたかいのうねりは、画期的発展をとげつつ現在に及んでいる。私には、妻の死がそこに折り重なる。

私は、この状況の中で、言葉の力を強め、真実を表現しようと努力してきた。

しかし、つねに、非力と非才に組み敷かれるような苦渋を味わうこととなった。

自覚的な作歌の道を志してから、半世紀を遥かに越えながら、いまだ、先師青柳競の作歌の教えや、生涯の師渡辺順三の、時代にかかわる重い身構えについて、及びつくことも出来ないことに忸怩（じくじ）たる思いが深い。

しかし、それでも歌い続けなければならない。それは、歴史的状況の中で生きる人間としての当然の責任であろう。

私はいま、八十八歳を超えている。多くの友人、知人が世を去った。残された私は、死ぬまでは生きなければならない。生きている限り、一首でもいい歌を残したいといったのは、人麿か、吉野秀雄か。私も残り少ない人生を最後まで歌い切りたい――、そんな切望をもつ。

この歌集発行に力をかしていただいた人びと、私の仕事を見守ってくれている心暖かい歌友たちに、深く感謝したい。

二〇一六年五月四日

妻の四回目の月命日

聖高原の山荘にて

碓田のぼる

碓田のぼる（うすだ　のぼる）

1928年、長野県に生まれる。
現在、新日本歌人協会全国幹事。民主主義文学会会員。日本文芸家協会会員。国際啄木学会会員。
主な歌集『夜明けまえ』『列の中』『花どき』（長谷川書房）『世紀の旗』『激動期』（青磁社）『日本の党』（萌文社）『展望』（あゆみ出版）『母のうた』『状況のうた』『指呼の世紀』（飯塚書店）『花昏からず』（長谷川書房）『風の輝き』『信濃』『星の陣』『桜花断章』『妻のうた』（光陽出版社）
主な著書『国民のための私学づくり』（民衆社）『教師集団創造』『現代教育運動の課題』（旬報社）『石川啄木』（東邦出版社）『「明星」における進歩の思想』『手錠あり—評伝 渡辺順三』（青磁社）『啄木の歌—その生と死』（洋々社）『石川啄木と「大逆事件」』（新日本出版社）『ふたりの啄木』（旬報社）『石川啄木—光を追う旅』『夕ちどり—忘れられた美貌の歌人・石上露子』（ルック）『石川啄木の新世界』『坂道のアルト』『石川啄木と石上露子—その同時代性と位相』（光陽出版社）『時代を撃つ』『占領軍検閲と戦後短歌』（かもがわ出版）『歌を愛するすべての人へ—短歌創作教室』（飯塚書店）『石川啄木—その社会主義への道』『渡辺順三研究』『遥かなる信濃』（かもがわ出版）『友ら、いちずに』『短歌のはなし』『石上露子が生涯をかけた恋人 長田正平』『かく歌い来て—「露草」の時代』『石川啄木—風景と言葉』『読み、考え、書く』『一途の道—渡辺順三　歌と人生　戦前編・戦後編』『渡辺順三の評論活動—その一考察』『書簡つれづれ—回想の歌人たち』（光陽出版社）

歌集　歴史

2016年7月10日

著　者　碓田のぼる
発行者　明石康徳
発行所　光陽出版社
〒162-0818　東京都新宿区築地町8番地
電話　03-3268-7899　Fax　03-3235-0710
印刷所　株式会社光陽メディア

ISBN 978-4-87662-596-3 C0092